書怎麼做出來的？

故事怎麼寫、插圖畫什麼？完整公開一本書的誕生過程！

愛琳・克利斯提洛 著

海狗房東 譯

作者
愛琳‧克利斯提洛

　　出生於華盛頓特區,在熱愛閱讀的家庭長大。高中時,在學校出刊的雜誌上發表了她的第一個故事。

　　第一本書《亨利與紅條》(*Henry ard the Red Stripes*)於一九八一年出版,自此開啟了她的創作生涯。寫、畫過許多有趣且好玩的繪本,包含暢銷系列作「五隻小猴子」、《小豬逃亡記》(*The Great Pig Escape*)、《絕望的狗寫了一封信》(*Letters from a Desperate Dog*)、《投票》(*Vote!*),以及深受寫作教學部落格及老師們喜愛的《書怎麼做出來的?》等。《書怎麼做出來的?》是作者為了解答她在各地演講時,學生所提出關於書的各種疑問。目前與丈夫住在美國佛蒙特州。

　　作者相關有趣活動、插畫創作的資訊與連環漫畫,可至以下網站:
https://christelow.com

譯者
海狗房東

學術背景從外語到教育,職場經歷多在兒童產業,現為故事作者、繪本譯者、「故事休息站」Podcast 節目製作與主持人,著有《繪本教養地圖》與繪本《小石頭的歌》、《媽媽是一朵雲》、《發光的樹》等書。

1
作家都在做什麼？

33
插畫家都在做什麼？

70
看看「真正的」作家畫家怎麼說

73
作家與插畫家養成活動

獻上我的愛給 DRTHYC，他剛寫完一本關於兩個巨人的書。
這本書獻給里歐納和他的兩個夥伴。

作家會在意想不到的時刻，得到寫書的靈感。

4

當作家有了一本書的靈感，他們就會開始創作。

有時，要找到適合的字有點難。

有些作家會把故事中可能發生的事寫下來，列出清單或是大綱。

有些圖畫書的作者也是插畫家。
他們有時候會邊寫邊畫草圖，草圖能給他們靈感。

作家有時候需要更多資訊。

因此，他們會去圖書館、歷史相關社團、博物館……

他們閱讀書本、舊報紙、雜誌、信件，以及人們在很久以前所寫的日記，並且做筆記。

他們會採訪，做更多筆記。

他們會聆聽並且觀察。

他們寫啊寫啊寫……

同時刪掉一些東西……

丟掉一大段故事……重新開始。

作家有時候會讀他們的故事給家人聽。
家人會提供建議。

他們有時候會在作家團體中，朗讀給朋友聽。
這些朋友會提供建議。

作家有時候也會遇到瓶頸，他們會暫時放下寫書的工作。

不過，他們做其他事的時候，通常就能突破瓶頸。

接著，他們會再次動筆。

身兼插畫家的作家，會做一本樣書，
看看配上插圖是什麼模樣。

他們要用上一年、兩年，甚至更多時間，才能寫完初稿。
故事完成之後，作家會將初稿寄給出版社。

他們有時候要等上好幾個星期或好幾個月，
出版社才會回覆是否喜歡他們的書。

大部分的作家會收到退稿信。
有些退稿信帶著鼓勵，有些則沒有。

不過，作家是非常有毅力的人，他們會繼續處理
那份初稿，再寄給其他出版社。

找到出版社的時候，作家會非常開心！

不過，出書的工作還沒結束，還有很多事要做。
作家必須和出版社簽合約（協議書）。

作家會去出版社辦公室，找編輯談話。

作家會和編輯一起琢磨他們的故事，編輯會提出讓故事變得更好的建議。

作家開始修改。

可是我喜歡第一章！

我可以修改第二章……和第三章的某些部分。在這裡加一點東西……

麥克斯，你一定會喜歡這個新結局！

修改！修改！修改！修改！

你覺得他們真的可以完成這本書嗎？

21

作家完成所有的修改之後，由美術設計決定這本書的模樣。他們會為這本書選擇尺寸、外型，並且決定該使用哪一種字體，還要設計封面。

美術設計會和編輯一起為書籍選擇插畫家。

自己畫插畫的圖畫書作家，會和美術設計討論他們的畫作，美術設計會提供建議。

要完成一本圖畫書所有的插畫，可能需要好幾個月，甚至更久。

圖畫完成之後，他們需要檢查看看是否遺漏了什麼東西。

故事在電腦打字之後，也要檢查錯誤。

別忘了獻詞⋯⋯

也別忘了作者的照片。

作家將所有的校對和修改寄給出版社之後，在印刷和裝訂前，他們都不會再看到自己的書稿。

當美術設計完成文字和圖畫排版，確認每一頁都沒有問題，就會將作家的書稿送去給印刷人員。

印好的紙張從這裡送出來。

大張紙從這裡送進去。

書會在巨大的印刷機印刷。圖畫書的所有內頁，多半都會印在一大張紙上。

上千本書在幾個小時之內就能印好。

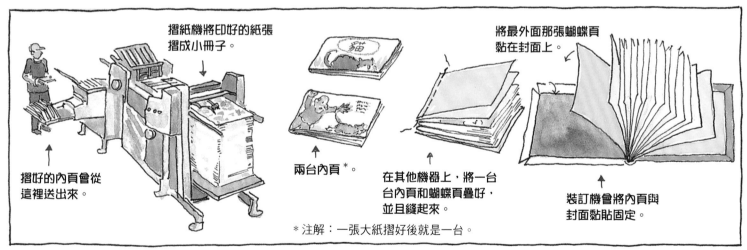

摺紙機將印好的紙張摺成小冊子。

摺好的內頁會從這裡送出來。

兩台內頁*。

在其他機器上，將一台台內頁和蝴蝶頁疊好，並且縫起來。

將最外面那張蝴蝶頁黏在封面上。

裝訂機會將內頁與封面黏貼固定。

*注解：一張大紙摺好後就是一台。

印好的紙張會送去裝訂，在大型機器上摺、疊、裁剪、縫線，並且和封面黏貼固定。

上ㄕㄤ千ㄑㄧㄢ本ㄅㄣ書ㄕㄨ製ㄓ作ㄗㄨㄛ完ㄨㄢ成ㄔㄥ了ㄌㄜ！
打ㄉㄚ包ㄅㄠ裝ㄓㄨㄤ箱ㄒㄧㄤ之ㄓ後ㄏㄡ，送ㄙㄨㄥ去ㄑㄩ出ㄔㄨ版ㄅㄢ社ㄕㄜ的ㄉㄜ倉ㄘㄤ庫ㄎㄨ。

書ㄕㄨ本ㄅㄣ也ㄧㄝ會ㄏㄨㄟ送ㄙㄨㄥ到ㄉㄠ作ㄗㄨㄛ家ㄐㄧㄚ手ㄕㄡ上ㄕㄤ。

現在，書已經出版了，可以好好慶祝了。

希望大家喜歡我們的書。

他們一定會愛上我們！

不過，作家也會開始擔心，大家會怎麼看他們的書？
他們會喜歡嗎？

雜誌和報紙會評論他們的書，有些評論好極了！
有些則不見得。

作家會到學校和圖書館，跟人們談談他們的書，也回答人們的問題。

他們還會在書店辦簽書會。

不過，更重要的是，作家已經開始構思下一本書的靈感！

我寫一本可怕的暴風雪。

我寫手指伸不見五指的超大雪。

插畫家都在做什麼？

插{ㄔㄚ}畫{ㄏㄨㄚ}家{ㄐㄧㄚ}的{ㄉㄜ}工{ㄍㄨㄥ}作{ㄗㄨㄛ}是{ㄕ}什{ㄕㄣ}麼{ㄇㄜ}？
他{ㄊㄚ}們{ㄇㄣ}透{ㄊㄡ}過{ㄍㄨㄛ}圖{ㄊㄨ}畫{ㄏㄨㄚ}說{ㄕㄨㄛ}故{ㄍㄨ}事{ㄕ}。

在這張圖中，你能看見兩位插畫家在這裡生活、工作。

藝術家工作室

假如這兩位插畫家都打算畫《傑克與魔豆》，
他們會用同樣的方式說故事嗎？
他們會畫出一模一樣的圖嗎？

我想重寫《傑克與魔豆》的故事，還要配上插畫。
史谷特，你先去睡一下，晚一點再帶你去散步。

有人找我畫《傑克與魔豆》。
里歐納，走開！

嗨！

嗨！

她忙著畫《傑克與魔豆》，要我去睡覺。

他叫我走開……你剛才是說《傑克與魔豆》嗎？

他也在畫那個！

糟糕！沒有人會買兩本說同一個故事的書！

不過……同一個故事可以有很多不同的說法。

是啦……而且他們畫的插畫也不同。

不管怎樣，我們還是該告訴他們。

他根本不懂我說的任何一句話！

我和她也有一樣的問題。

我們去看看他們在做什麼吧。

等等我！

首先，插畫家要決定他們想畫故事中的哪些場景……

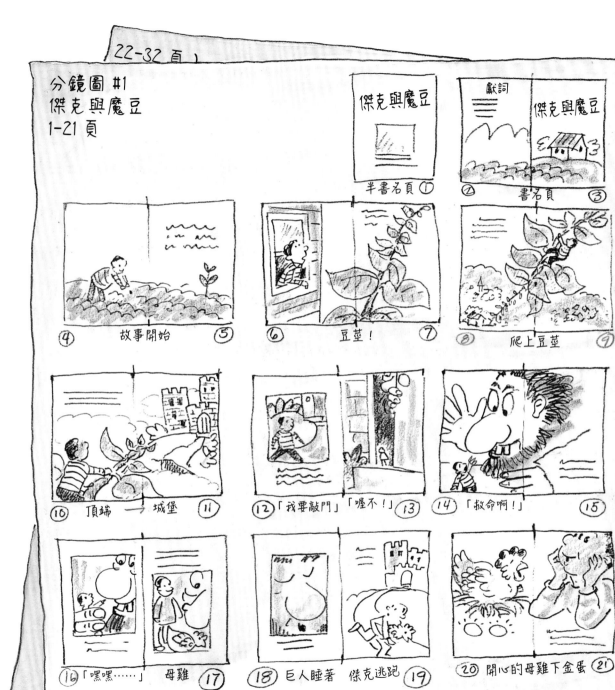

分鏡圖 #1
傑克與魔豆
1-21 頁

22-32 頁

半書名頁 ①

獻詞
傑克與魔豆
② 書名頁 ③

④ 故事開始 ⑤

⑥ 豆莖！⑦

⑧ 爬上豆莖 ⑨

⑩ 頂端 → 城堡 ⑪

⑫「我要敲門」「喔不！」⑬

⑭「救命啊！」⑮

⑯「嘿嘿……」母雞 ⑰

⑱ 巨人睡著 傑克逃跑 ⑲

⑳ 開心的母雞下金蛋 ㉑

分鏡圖讓每一頁的圖畫一目瞭然。

我不記得這個故事。里歐納可能記得。

傑克與魔豆的故事

故事說的是一個男孩，種下一粒魔豆。

豆子發芽之後，再長大，長大，直到穿過雲朵。

傑克爬到豆莖頂端的。

上面有什麼？

一個凶狠、邪惡的巨人！

媽呀！

不必擔心！傑克躲起來了。等巨人睡著的時候，他偷走會下金雞蛋的母雞。

偷？

母雞也想被偷走！牠討厭和巨人住在一起。

所以是傑克救了母雞……

傑克變富有，從此過著幸福快樂的生活嗎？

是啊，不過，他後來又兩次爬上豆莖。

他趁巨人睡覺時，先拿走一袋金幣，又會拿走一把會唱歌的豎琴。

不過，豎琴唱起歌來，巨人就醒了，追著傑克跑……

傑克滑下豆莖，巨人也要滑下來！但是……

傑克砍倒豆莖！

砰！！

巨人怎麼了？

有各種不同的說法。

你要去哪裡？

去看看她怎麼處理她的故事。

插畫家完成書的分鏡圖之後，還需要做一本樣書（樣書就是這本書的模型）。
首先，他們要決定書的形狀和大小。

你會想選正方形、直式或橫式的樣書？

笨？*我才不笨呢！

正方形

直式

橫式

* 注解：上一段話提到「樣書」，英文為 dummy，也有笨的意思。

書中有很高、很高、很高的豆莖，什麼形狀最好呢？應該是直式的長方形吧。

傑克與魔豆

這樣可以在單一頁上，畫高高的豆莖……

也可以跨兩頁，畫橫向的圖。

接下來，他們會畫出樣書裡每一頁的草圖。
第一版草圖通常是在描圖紙上的潦草塗鴉。

這就是我們在草圖裡看起來的樣子。

這裡是傑克正在爬豆莖。
傑克長什麼樣子？
他住在哪裡？
豆莖看起來又是什麼樣子？

他的書也是直式的。

第⑥頁

傑克與魔豆

插畫家開始畫草圖的時候，
必須決定某些事物的樣貌：
角色、 他們的服裝、 場景。
插畫家可以運用他們的想像
力，或者做一點研究。

我要讓傑克
看起來像
我四年級的
樣子。

傑克

帽子

豆莖上的
葉子是什麼形狀
呢？

菜園

豆類植物

我想像傑克住
在一棟鄉間小
屋裡， 四周有
棕櫚樹……

44

有些插畫家本身也是作家，他們在畫草圖的時候，還可以修改故事。

每一張圖都有各自的問題，例如：種下魔豆的時候，要從什麼視角來畫？

應該從鳥類的視角來畫這張圖嗎？
要拉近？拉遠？
老鼠的視角？

拉近的鳥類視角，豆子看得最清楚。

老鼠的視角完全看不見豆子。

要怎麼畫豆莖，才能讓它看起來正在長大呢？

那天晚上，傑克的貓看著豆莖長大……

47

想要解決同樣的問題，
通常不只有一個方法。

哇！媽！
這個豆莖一定
超級大，看那
些根就知道！

和賈桂琳比起
來，那些根真
是巨大！

那晚，在賈桂琳房間
正上方的屋頂上，
魔豆長大、長大，
不斷長大……

48

問題又來了：
要怎麼做，才能讓豆莖
看起來真的很高大？

我可以畫桂琳爬在豆莖上往下看……

或是抬頭看它。

在遠處的東西看起來很小。等等我！

近在眼前的東西看起來比較大……這就叫「透視」。

49

插畫家必須思考
每一頁的設計。

救命啊！
我卡在跨頁
中線裡了！

不要忘了
留點空間
給文字！

不要把重要
的角色放在
跨頁中線。

50

51

也許巨人應該要比這一頁大……

那個巨人不怎麼可怕呀！

嘿嘿大吼「天啊！有一個躲起來…

糟糕！
如果巨人看起來不夠大或不夠可怕，插畫家會重畫那張圖。

傑克抬頭看向巨人的時候，會看見什麼？

這些圖比較可怕！我們只能看到巨人的一部分。

他應該選圖中？你覺得選一張書中？

53

跑過桌面、經過沉睡
的巨人鼻子底下時，
會有什麼感覺？
插畫家必須畫出角色
的感受。

（他們有時會對著鏡
子擠眉弄眼，看看某
個表情的模樣。）

揚起眉毛？
張大眼睛？
張開嘴巴？

賈桂琳躡手躡腳穿過桌面。
「快點！」母雞輕聲說：「他都只睡一下子！」

插畫家有時會需要其他人擔任模特兒。

妳現在在忙什麼工作？

《傑克與魔豆》，是我自己的版本

糟糕！

我也是！

天啊！

太好了！妳的樣書和我的不一樣，不一樣的地點、不一樣的人物……

別忘了，我們的插畫風格也非常不一樣。

兩本書我都喜歡！

什麼是風格？

意思就是他們怎麼畫插畫。

每位插畫家的繪圖風格都不一樣，就像每個人寫字的風格都不同。

巨人	大個子包伯
傑克	傑克、川普爾
傑克的母親	艾瑟·川普爾
賈桂琳	賈桂琳

用不同的風格畫傑克和賈桂琳

新風格的我們。

當插畫家完成樣書，他們會讓出版社的編輯和美術設計看看。
編輯會判斷這些圖畫是否有將故事說好。

我很愛你的圖！不過，傑克在書的後半段看起來太老了，第二十一頁的巨人看起來也不夠凶狠。

好的，要修改這些部分，應該還算容易。

如果她喜歡他的書，為什麼還要他修改呢？

她只是提出一些可得的建議！是一書以變更好的

美術設計會針對書的設計，提出建議。他會選出內頁文字和封面的字體。

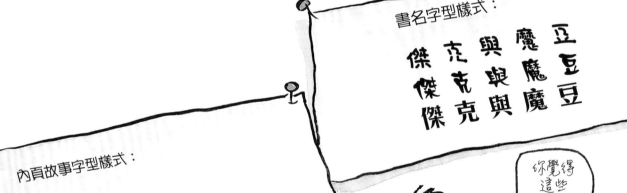

插畫家必須決定如何畫他們的完稿。他們可以利用不同的工具，畫出不同的線條和質感。

鉛筆

沾水筆

水彩筆

簽字筆

他們可以用顏料、粉彩、鉛筆或蠟筆……為插畫上色。

我還在測試。我試過水彩、水彩蠟筆和色鉛筆。

水彩

水彩蠟筆

色鉛筆

他們也可以畫完全沒有黑色邊線的圖！

我也試了一張只有色彩的圖，沒有黑色邊線。

他怎麼辦法不畫線？有畫不出來

剛淡線畫完，就看不出來了。也有鉛筆過的，開始淡淡的線條，以後

插畫家可以在美術用品店買到需要的工具。

他們必須選擇自己完稿時想使用的紙張。

有些紙適合水彩，有些適合粉彩或鉛筆……

有些很平滑，有些有紋理。

我需要色鉛筆、水彩筆、紙……

紙張正在特價！

紙張特價！

我想要平滑的水彩紙，因為我會用鋼筆、墨水和水彩。

我想要有一點紋理的紙，我用的是水彩和色鉛筆。

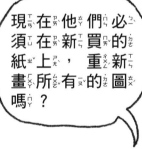

現在他們必須在新買的紙上，重新畫所有的圖嗎？

不需要，他們可以描圖。

插畫家時常利用燈箱，把他們畫的圖描到新的紙張上。

草稿

新紙張

燈箱

插畫家有時會扔掉畫，
重新開始。

他們有時會改變顏色。

冷色調太多了！藍色的花、藍色的鞋、綠色的葉子。

冷色調讓人覺得涼爽、平靜、放鬆，有時也會覺得難過。

我得加一些暖色調，像是紅色、橘色和黃色。

暖色調讓人覺得明亮、奔放、吵鬧、火熱！

嗯，或許不必這麼多！

另外，他們也可能會改變構圖。

讓清不看了。
圖不，易生事。
這人狀太出什
張搞況容發麼

克前人？
該把巨
傑人嗎
該讓邊
巨讓左
我移一嗎
應靠
面該

兩這這
個構
在圖
我坐
們落的
如果都角
果個角
個
一
會更好！

要完成一本圖畫書的圖，往往需要好幾個月的時間。
寄去出版社之前，還需要檢查，確定沒有遺漏任何東西。

插畫家通常最後才會做封面。
封面可以告訴你許多事：
這是什麼樣的故事？
故事看起來有趣嗎？

這些封面會讓你想要讀
這兩本書嗎？

這張圖說的是：
終於完成所有工作的兩位插畫家，是如何慶祝的！

看看看「真正的」
作家畫家怎麼說

審閱這份雙書合輯的校樣時，我
們認為應該談談一些插畫家現在
會使用的新工具……

請告訴大家，
妳是怎麼使用
電腦畫圖的！

用電腦畫圖？
為什麼？

之前我用鋼筆
和墨水替你畫
了一張圖，結
果太小，你記
得嗎？

記得！

所以，我得另
外畫一張大一
點的圖……

那張大圖
看起來
很呆！

是啊，所
以她畫了
好幾次！

無線觸控筆

不過，她現在用特別的筆，在連接電腦的繪圖板上畫圖。

繪圖板

不必重畫，她就可以把你放大。

也可以移動我們、塗上顏色……

用不同的質感：粉筆、水彩……

她可以用各種方法改變你的樣子！

你看！她最後還是重新畫了我！

有些插畫家只用電腦來畫圖或是上色，有些則是畫圖、上色都使用電腦。

許多插畫家還是更喜歡使用真的鉛筆、鋼筆或水彩筆！

這兩頁也是她用那個繪圖板畫出來的嗎？

沒錯！

作家與插畫家養成活動

需要準備的東西：

1. 筆記本或繪圖板。
2. 鋼筆或鉛筆。
3. 你的想像力！

尋找靈感

    作家會說他們在非常奇怪的地方發現故事靈感，有時候，我們不需要為一個靈感想破頭，它可能會在你走路上學、吃冰淇淋、沖澡或搭車的時候，從腦袋中冒出來。

    腦力激盪，就是快速寫下所有在你腦袋中冒出來的靈感。不必擔心它們如何，只要把它們全都抓出來、寫下來，然後，再來回頭看看它們。

想要尋找靈感，或是開始進行腦力激盪，有個簡單的方法，就是問問題，特別是「如果……會怎麼樣？」的問題。

你可以這樣開始：對你身邊的世界、人們和動物提出問題。

例如，如果你的貓會說話，會怎麼樣？如果世界上所有的橡皮筋都消失，會怎麼樣？如果你明天醒來就變成隱形人，會怎麼樣？

想幾個「如果……會怎麼樣？」的問題，其中有沒有任何一個，給你故事的靈感呢？準備一本筆記本，寫下那些精采的靈感吧！

找到最適合的字

想出適合的字，好好說自己想說的事，就是寫故事最美好的地方之一。有些字聽起來很好笑，有些聽起來很嚇人，有些能讓你感到開心。通常，可以用的字不只有一個。

想一想，不同的字聽起來如何？當你聽到它們的時候，又會想起什麼？「爛泥」這個字讓你想到什麼呢？或許會讓你想到黏液或是青蛙（或黏答答的青蛙！）看看以下的字，這些字讓你想到什麼呢？

黏稠 ● 尖牙 ● 閃耀 ● 巨人 ● 野獸
小貓 ● 貓 ● 城堡 ● 怪異 ● 毛茸茸

在你的筆記本上，寫下一些你最愛的字，當你開始寫故事的時候，可以回頭看看這份清單。

說和重說

在這本書中，兩位插畫家用兩種方法，說了同一個版本的故事。這個故事是《傑克與魔豆》，但插畫家分別加入他們自己的風格，做了些改變，產出一個獨特，甚至獨一無二的故事。其中一位插畫家把傑克改成賈桂琳，另一位讓傑克的貓看著豆莖長大。

選一個像是《傑克與魔豆》的童話，或像是《憂天小雞》（ *Chicken Little* ）之類的民間故事，看看你能不能說出和你知道的版本不一樣的故事。你會保留什麼？你會改變什麼？你會怎麼在故事裡安排一個不同的轉折？

你知道該怎麼做——寫下這些靈感吧！

創造角色

　　從你的故事靈感中，選出幾個角色。他們看起來如何？他們穿什麼？有什麼細節可以讓讀者更加認識他們？

　　想一想，他們帶了什麼在身上？身邊又有什麼東西？例如，如果你的角色是畫家，他或她的衣服上可能會沾到一些顏料；如果你的角色是作家，他或她可能會帶著一支筆。

　　畫出你的角色，並且為他或她的個性，寫出一些細節。

視角

　　如果你是插畫家，你必須決定畫圖時要採用什麼視角，或者說，你是如何看你所畫的內容。畢竟，有許多不一樣的視角。

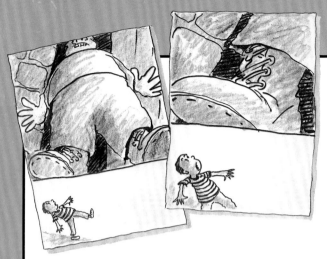

你可以直接看著一個場景，距離是近或是遠呢？

你可以採用鳥瞰的視角，意思是從上方往下看的場景。

或者，你可以從老鼠的視角看，意思是從下方往上看的場景。

你可以從某個角色的視角去畫，也就是只畫出你想像那個角色可以看見的東西。

你採用的視角，某種程度會決定你在圖畫中要表現的是多或是少，你想將所有的場景都表現出來嗎？或者，只想聚焦在某個部分？

看看兩位插畫家為他們的《傑克與魔豆》所做的封面，你看得出是什麼視角嗎？關於那個故事，它們對你透露了什麼？

例如，當你只看見巨人巨大的腳走向傑克，有什麼感覺？如果你看見巨人的全貌，會覺得更嚇人嗎？如果巨人俯身看著傑克呢？

現在，練習在你的畫板上畫一張風景圖，可以是你要重說的童話故事中的第一個場景。請粗略畫出風景的地貌，這是嚇人的開場？或是平靜的呢？是什麼樣的地貌——陡峭的山或是蜿蜒的河流，要如何正確傳達出來呢？在你的畫裡，會呈現多少風景？你會盡可能畫出大片的風景，還是只聚焦在其中一部分呢？

　　現在，試著加入角色。你的角色在畫中會很小嗎？彷彿你是在遠處看見他或她，或是近看角色呢？你會畫他或她的正面、背面，或者側面呢？

製作封面

　　思考故事中的某個想法或角色，你想讓人們對你的故事，有什麼樣的印象？你認為怎麼做才能讓人們有興趣讀它？你希望你的封面看起來如何？

　　設計你的封面吧，或者先把你想要運用的想法和圖畫都記下來。

　　到目前為止，只不過是完成這些小小的練習，相信你就能在寫、畫自己的原創故事，或童話之路，擁有好的開始！

書怎麼做出來的？

故事怎麼寫、插圖畫什麼？完整公開一本書的誕生過程！

繪本館

作者：愛琳‧克利斯提洛 / 譯者：海狗房東

封面設計：翁秋燕 / 內頁編排：傅婉琪

責任編輯：蔡依帆

國際版權：吳玲緯 / 行銷：闕志勳 吳宇軒 余一霞 / 業務：李再星 李振東 陳美燕

總編輯：巫維珍 / 編輯總監：劉麗真 / 事業群總經理：謝至平 / 發行人：何飛鵬

出版：小麥田出版

地址：115 台北市南港區昆陽街 16 號 4 樓 / 電話：02-25000888 / 傳真：02-25001951

發行：英屬蓋曼群島商家庭傳媒股份有限公司城邦分公司 / 地址：115 台北市南港區昆陽街 16 號 8 樓

網址：http://www.cite.com.tw / 客服專線：02-25007718；25007719 / 24 小時傳真專線：02-25001990；25001991

服務時間：週一至週五上午 09:30-12:00；下午 13:30-17:00 / 劃撥帳號：19863813 / 戶名：書虫股份有限公司

讀者服務信箱：service@readingclub.com.tw

香港發行所：城邦（香港）出版集團有限公司

地址：香港九龍土瓜灣土瓜灣道 86 號順聯工業大廈 6 樓 A 室 / 電話：852-25086231 / 傳真：852-25789337

馬新發行所：城邦（馬新）出版集團 / Cite(M) Sdn. Bhd

41-3, Jalan Radin Anum, Bandar Baru Sri Petaling,57000 Kuala Lumpur, Malaysia.

電話：+6(03)-90563833 / 傳真：+6(03)-90576622

讀者服務信箱：services@cite.my

麥田部落格：http:// ryefield.pixnet.net

印刷：漾格科技股份有限公司

初版：2022 年 3 月 / 初版三刷：2024 年 5 月 / 售價：450 元 / ISBN：978-626-7000-35-9 / EISBN：9786267000366（EPUB）

本書如有缺頁、破損、倒裝，請寄回更換 ‧ 版權所有‧翻印必究

Book 1:
WHAT DO AUTHORS DO? by Eileen Christelow
Text and Illustrations copyright © 1995 by Eileen Christelow
Book 2:
WHAT DO ILLUSTRATORS DO? by Eileen Christelow
Text and Illustrations copyright © 1999 by Eileen Christelow

Published by arrangement with Clarion Books, imprint of
Houghton Mifflin Harcourt Publishing Company
through Bardon-Chinese Media Agency
Complex Chinese translation copyright © 2022
by Rye Field Publications, a division of Cite Publishing Ltd.
ALL RIGHTS RESERVED

城邦讀書花園
www.cite.com.tw

國家圖書館出版品預行編目 (CIP) 資料

書怎麼做出來的？: 故事怎麼寫、插圖畫什麼？完整公開一本書
的誕生過程！/ 愛琳.克利斯提洛 (Eileen Christelow) 作；海
狗房東譯. -- 初版. -- 臺北市：小麥田出版：英屬蓋曼群島商家
庭傳媒股份有限公司城邦分公司發行, 2022.03
面； 公分. -- (小麥田繪本館)
注音版
譯自：What do authors and illustrators do?
ISBN 978-626-7000-35-9(精裝)
874.599   110021113